AF356783

Vente du Samedi 16 Décembre 1876

HOTEL DROUOT, SALLE Nº 4

A DEUX HEURES

Pour cause de Départ de Mlle D···

TABLEAUX ET DESSINS

MODERNES

PAR

A. Stevens Daubigny, Jacque, Boudin, etc.

TABLEAUX ANCIENS. OBJETS D'ART

MEUBLES, ÉTOFFES, TAPIS

EXPOSITION PUBLIQUE : le Vendredi 15 Décembre 1876

Mᵉ Henri LECHAT
COMMISᵉˢⁱᵉ-PRISEUR
Rue Baudin, 6 (square Montholon).

M. Charles GEORGE
EXPERT
Rue Laffitte, nº 12.

PARIS — 1876

Vᵉ RENOU, MAULDE et COCK

IMPRIMEURS DE LA COMPAGNIE DES COMMISSAIRES-PRISEURS

Rue de Rivoli, 144.

CATALOGUE

DE

TABLEAUX ET DESSINS

MODERNES

PAR

A. Stevens, Daubigny, Ch. Jacque, Boudin, Harpignies
Delpy, A. de Knyff, Pille, C. Roqueplan

TABLEAUX ANCIENS

Portraits par A. Palamèdes, Mierevelt, Prud'hon

OBJETS D'ART, MEUBLES

Ivoires sculptés, Laques, Coffrets, Faïences

Porcelaines, Bronzes, Meubles en acajou à filets de cuivre, Louis XVI et Empire

Piano de Pleyel, Objets d'étagère

ÉTOFFES, TAPIS

DONT LA VENTE AURA LIEU

Pour cause de départ de Mademoiselle D.

HOTEL DROUOT, SALLE N° 4

Le Samedi 16 Décembre 1876

A DEUX HEURES

Par le ministère de Mᵉ **Henri LECHAT**, Commissaire-Priseur,
rue Baudin, 9 (square Montholon),
Assisté de **M. Charles GEORGE**, Expert, rue Laffitte, 12.

EXPOSITION PUBLIQUE : le Vendredi 15 Décembre 1876

PARIS — 1876

CONDITIONS DE LA VENTE

—

Elle sera faite au comptant.

Les Acquéreurs paieront, en sus des adjudications, CINQ POUR CENT, applicables aux frais.

L'Exposition mettant le Public à même de se rendre compte de l'état et de la nature des Objets, il ne sera admis aucune réclamation une fois l'adjudication prononcée.

DÉSIGNATION

TABLEAUX ET DESSINS MODERNES

BEAULIEU

1 — Les Bords du Loing (Nemours).

BOUDIN

2 — Plage.

CALS (D'après RUBENS)

3 — La Fuite de Sodome.

DAUBIGNY

4 — Bords de rivière.

DECAMPS (?)

5 — Chasseur.

DELPY

6 — Laveuse.

DESBORDE (Mlle)

7 — Études de fleurs.

HARPIGNIES

8 — Petite Aquarelle.

JACQUE (Ch.)

9 — Jeune Fille jetant du grain aux poules.

Crayon

KNYFF (Chevalier A. de)

10 — Fleurs.

O'CONNELL

11 — Portrait de petite fille.

PILLE (H.)

12 — Croquis à la plume.

PRATER (Ed. de)

13 — Canal dans un village.
14 — Porte de ferme.
15 — Cabane et Saules.

Dessins à l'essence.

ROQUEPLAN (C.)

16 — Esquisse de la bataille de Rocrou.

ROQUEPLAN (C.)

17 — Intérieur.

Croquis au crayon.

STEVENS (A.)

18 — Un Regard.

Esquisse.

STEVENS (A.)

19 — Maisons et Clocher (Coucher de soleil).

Étude

STEVENS (A.)

20 — Profil.

Croquis au crayon.

21 — Seigneur.

Aquarelle.

STEVENS (A.)

22 — Photographie retouchée à la gouache.

VÉLASQUEZ (Escosura d'après)

23 — L'Infante.

SCHWARTZ (D'après Véronèse)

24 — Sainte Famille.

VERWEER

25 — Marine.

Sépia.

VILLAIRE (De)

26 — Forêt.

Dessin à la plume

ÉCOLE MODERNE

27 — Aux écoutes. .

28 — Hallebardier, d'après Meissonier.

—————

TABLEAUX ANCIENS

CHARPENTIER

29 — Petit Garçon.

HEEMSKERKE

30 — Buveurs et Fumeurs.

NEER (A. Vander)

31 — Canal de Hollande, bordé d'habitations (Effet de nuit).

MIEREVELT

32 — Portrait présumé de l'artiste.

De trois quarts, moustache et barbiche blonde. — Pourpoint de soie noire brodé. Fraise à plusieurs rangées de tuyaux, bordée de guipure. — Ætatis 51-1625.

PALAMÈDES (Anton)

33 — Dame hollandaise.

De trois quarts. Robe noire, collerette et manchettes de batiste.
Signé : A. Palamèdes, p¹ 1658.

PALAMÈDES

34 — Portrait d'homme.

Même signature et même date.

PRUDHON

35 — Portrait d'homme.

ZURBARAN

36 — Tête de moine.

INCONNU

37 — Étude de fleurs.

Aquarelle.

38 — Deux Miniatures provenant d'un missel.

E. de M. (D'après Santerre)

39 — Suzanne.

Peinture sur porcelaine.

OBJETS DART, MEUBLES, ÉTOFFES
CURIOSITÉS DIVERSES

40 — IVOIRES : La Vierge assise. Travail italien du xvıı^e siècle.

41 — Le Christ à la colonne.

42 — L'Enfant Jésus bénissant (xvı^e siècle).

43 — Saint Jean (Statuette).

44 — La Flagellation (Trois figures).

45 — Diptyque.

46 — Plaque : ıe Christ, la Vierge et saint Jean.

47 — Bas-relief : la Vierge et l'Enfant Jésus. Travail italien de la fin du xvı^e siècle.

48 — Christ en croix.

49 — Saint Jean Baptiste enfant.

50 — La Vierge debout. Ancien travail espagnol.

51 — Deux Figurines en bois sculpté : la Vierge et saint Jean.

52 — Petit Bas-relief : Sainte Famille et une figurine de guerrier.

53 — Saint Sébastien. Petit bronze italien.

54 — Lampe en bronze.

55 — Coffret en marqueterie d'ivoire sur noyer, dite *certosina*.

56 — Coffret en laque de Chine.

57 — Écran en bois laqué blanc, feuille en étoffe de soie brochée.

58 — Coffret incrusté d'ivoire.

59 — Animal chimérique en serpentine.

60 — Cantine en laque du Japon.

61 — Animal chimérique en jade, sur socle en bois sculpté à jour.

62 — Garniture de cinq pièces en Delft.

63 — Corbeille en porcelaine de Saxe.

64 — Soupière en forme de chou et plateau en ancienne faïence.

65 — Assiettes en Chine, à fleurs et à personnages.

66 — Jardinière en faïence de Deck, sur pied en bois sculpté.

67 — Deux Bouteilles en Delft.

68 — Deux Carpes en faïence artistique.

69 — Pendule du Directoire, bronze doré et marbre.

70 — Deux Candélabres, même époque.

71 — Appliques de mur, à trois lumières.

72 — Vase Empire, forme Médicis, bronze et dorure.

73 — Pendule Empire, bronze et dorure.

74 — Meubles Louis XVI, noir et or, recouverts en velours : canapé, deux fauteuils et deux chaises à lyre.

75 — Table à pieds de biche.

76 — Petit Bureau à filets de cuivre.

77 — Autre petit Bureau-Secrétaire en acajou, à filets de cuivre ; l'abattant à glace.

78 — Jardinière ronde, sur trois pieds, en acajou, à filets de cuivre.

79 — Console Empire en acajou et bronze doré.

80 — Table-Servante en acajou, à filets.

81 — Secrétaire Louis XVI, à filets de cuivre.

82 — Psyché Empire, acajou et bronze doré.

83 — Petite Pendule, cage en acajou.

84 — Jardinière palissandre et bois rose.

85 — Petite Table Louis XVI en acajou, à filets de cuivre ; dessus en marbre.

86 — Table à ouvrage en acajou, à cuivre, à filets de cuivre.

87 — Petite Glace Louis XV, à fronton.

88 — Support-Guéridon (Chinois) en bois de fer.

89 — Écran en bois noir, avec feuille en étoffe chinoise.

90 — Petit Cabinet en laque.

91 — Boîte chinoise avec figures en relief.

92 — Petite Console d'encoignure, époque Louis XVI.

93 — Étagère d'encoignure, laquée rouge et or.

94 — Petite Glace Louis XIV, à fronton.

95 — Prie-Dieu en noyer.

96 — Bahut à deux corps.

97 — Piano d'Ignace Pleyel.

98 — Commode Louis XIV, avec dessus en marbre.

99 — Chaises longues, Fauteuils, Chaises, Toilettes en marbre, Baignoire, Somawar, etc.

100 — Faïences et Porcelaines diverses sous ce numéro.

101 — Ivoires Japonais : Boutons, Figurines, Animaux, etc.

102 — Objets d'étagère en émail de Chine, laque, porcelaine, faïence, figurines chinoises, etc.

103 — Deux Tapis orientaux.

104 — Deux Bibliothèques Louis XVI.

105 — Deux très-beaux Devants d'autel, richement brodés
en soie et or sur fond de satin blanc, avec bor-
dures en velours.

106 — Sous ce numéro vingt petits Ivoires du Japon.
boutons, etc.

107 — Plusieurs Médailles en plomb.

Vᵉˢ Renou, Maulde et Cock, impᵉ de la Compagnie des Commissaires-Priseurs,
rue de Rivoli, 144.
71029